孙子兵法

第一册

上海人民美術出版社
浙江人民美术出版社

目　录

计　篇 · 第一册

计 篇

原文

孙子曰：兵者，国之大事也。死生之地，存亡之道，不可不察也。

故经之以五，校之以计而索其情：一曰道，二曰天，三曰地，四曰将，五曰法。道者，令民与上同意也。故可与之死，可与之生，而不诡也。天者，阴阳、寒暑、时制也。地者，高下、远近、险易、广狭、死生也。将者，智、信、仁、勇、严也。法者，曲制、官道、主用也。凡此五者，将莫不闻，知之者胜，不知者不胜。故校之以计，而索其情。曰：主孰有道？将孰有能？天地孰得？法令孰行？兵众孰强？士卒孰练？赏罚孰明？吾以此知胜负矣。

将听吾计，用之必胜，留之；将不听吾计，用之必败，去之。

计利以听，乃为之势，以佐其外。势者，因利而制权也。

兵者，诡道也。故能而示之不能，用而示之不用，近而示之远，远而示之近。利而诱之，乱而取之，实而备之，强而避之，怒而挠之，卑而骄之，佚而劳之，亲而离之。攻其无备，出其不意。此兵家之胜，不可先传也。

夫未战而庙算胜者，得算多也；未战而庙算不胜者，得算少也。多算胜，少算不胜，而况于无算乎？吾以此观之，胜负见矣。

译文

孙子说：战争是国家的大事。它关系到军民的生死，国家的存亡，是不可以不认真考察研究的。

因此，要通过对敌我五个方面的分析，通过对双方七种情况的比较，来探索战争胜负的情势。（这五个方面）一是政治，二是天时，三是地利，四是将领，五是法制。政治，就是要让民众和君主的意愿一致，因此可以叫他们为君主死，为君主生，而不存二心。天时，就是指昼夜、晴雨、寒冷、炎热、四时节候的变化。地利，就是指高陵洼地、远途近路、险要平坦、广阔狭窄、死地生地等地形条件。将领，就是指智谋、诚信、仁慈、勇敢、严明。法制，就是指军队的组织编制、将吏的管理、军需的掌管。凡属这五个方面的情况，将帅都不能不知道。充分了解这些情况的就能打胜仗，不了解这些情况的就不能打胜仗。所以要通过对双方七种情况的比较，来探索战争胜负的情势。（这七种情况）是：哪一方君主政治清明？哪一方将帅更有才能？哪一方拥有更好的天时地利？哪一方法令能够贯彻执行？哪一方武器装备精良？哪一方士卒训练有素？哪一方赏罚公正严明？我们依据这些，就能够判断谁胜谁负了。

如果能听从我的计谋，用兵作战一定胜利，我就留下；如果不能听从我的计谋，用兵作战一定失败，我就离去。

筹谋有利的方略已被采纳，于是就造成一种态势，作为外在的辅助条件。所谓态势，即是凭借有利于己的条件，灵活应变，掌握作战的主动权。

用兵打仗应以诡诈为原则。因此要做到：能打，装作不能打；要打，装作不要打；要向近处，装作要向远处；要向远处，装作要向近处；敌人贪利，就用小利引诱它；敌人混乱，就乘机攻取它；敌人力量充实，就注意防备它；敌人兵强卒锐，就暂时避开它；敌人气势汹汹，就设法屈挠它；敌人辞卑慎行，就要使之骄横；敌人休整良好，就要使之疲劳；敌人内部和睦，就离间它。要在敌人没有防备处发动攻击，在敌人意料不到时采取行动。这是军事家指挥的奥妙，是不能预先讲明的。

开战之前就预计能够取胜的，是因为筹划周密，胜利条件充分；开战之前就预计不能取胜的，是因为筹划不周，胜利条件不足。筹划周密、条件充分就能取胜；筹划疏漏、条件不足就会失败，更何况不做筹划、毫无条件呢？我们根据这些来观察，谁胜谁负也就显而易见了。

内容提要

《计篇》是《孙子兵法》的首篇，在全书十三篇中具有提纲挈领的意义。孙子在本篇中集中论述了战争指导者在开战之前如何筹划战争全局的问题。

孙子从“兵者，国之大事”这一认识出发，强调了战前战略谋划（“庙算”）的重要性，即通过敌我双方现有客观条件——“五事七计”的考察和比较，对战争的胜负趋势做出全面、正确的估算和判断，并且在此基础上正确地制定自己的战略决策。

在本篇中，孙子还提出了在战争中积极“造势”，争取胜利的理论。他主张充分发挥战争指导者的主观能动作用，分析、把握各种条件，创造战略战术上的有利态势，从而确保自己在战争中立于不败之地。为了造成优势主动的战场地位，孙子提出了著名的“攻其无备，出其不意”的作战原则，强调以灵活机动、快速多变、欺敌误敌的战法打击和消灭敌人。

战例

武王牧野誓师灭殷商

编文：杨坚康

绘画：戴敦邦　戴红杰

原　文　道者，令民与上同意也。故可与之死，可与之生，而不诡也。

译　文　政治，就是要让民众和君主的意愿一致，因此可以叫他们为君主死，为君主生，而不存二心。

1. 商朝后期，国势日益衰微。约在公元前1099年，帝辛（纣王）继位。纣王有勇力，有一定的军事才能，在开拓疆土和传播中原文化两方面，起过一些作用。

2. 连年的战争，消耗了大量的国力，加重了人民的负担与痛苦，但纣王不顾百姓死活，大兴徭役，建造离宫别馆，把殷都向南扩大到朝歌（今河南淇县）。

3. 离宫内以酒为池，悬肉为林，纣王与他的宠妃妲己终日酗酒歌舞，还让一些裸体男女通宵达旦淫乐追逐。

4. 为了满足他那奢侈荒淫的生活，纣王大肆搜刮人民以及诸侯王的财物。无数的奇珍异宝堆满了巨大的鹿台，粮食源源不断地流入了钜桥的粮仓。

5. 奴隶们不满压迫而奋起反抗。纣王又滥施酷刑，用“炮烙”残害无辜，并以此取悦妲己。

6. 纣王的暴虐与腐败，使得社会动荡不安，奴隶主贵族内部出现大分裂。这时，一个古老的姬姓部落——周族，在岐山（今陕西岐山东北）以南的周原悄然崛起。

7. 周王姬昌（即后来的周文王）是商的“西伯”（西方首领）。他在周原积极发展生产，积蓄力量，伺机灭商。纣王深以为虑，就借故把姬昌囚禁在羑（yǒu）里（今河南汤阴北）。

8. 姬昌的儿子姬发（即后来的周武王）与大臣闳夭商议，利用纣王好色贪财，先救出姬昌。

9. 闳夭日夜兼程赶到殷都，买通了纣王的宠臣费仲。由费仲引见，闳夭献上了美女、宝马和其他奇珍异宝。

10．纣王欣喜万分，拉着美女的手说：“只此一件，就足以释放西伯，更何况有那么多。”当即赦免了姬昌，还赐予他弓、矢、斧、钺，让姬昌掌有征伐之权。

11. 姬昌归国后，任用既懂文韬武略，又熟悉商朝内部情况的贤士吕尚作为辅佐，积极做推翻商朝的准备。

12. 姬昌按照吕尚的计谋，表面上服从商朝，率诸侯朝觐纣王，同时佯装胸无大志、只图享乐的样子蒙骗纣王。纣王因此放松了警惕。

13. 姬昌继续发展生产，裕民富国；修德行善，笼络人心。一日，姬昌看到开沟的人挖出一具尸骨，主管官员认为这是无主的，姬昌即说：“我是一国之主，他是一国之民，怎么可说是无主尸骨呢？”

14．姬昌于是把尸骨重殓厚葬。这事一经传播，人们都认为：西伯恩泽及于枯骨，更何况对人了。许多有才干的人，纷纷弃殷投周。

15. 姬昌又利用手中的征伐大权，乘纣王出兵江、淮，镇压东夷的时机，率军征服了犬戎、密须、黎、邘、崇等敌对小国，开通了进军讨伐商纣的道路。同时，“受命称王”，号文王。

16. 约公元前1070年，周文王在灭商的时机基本成熟时去世。他的儿子姬发继位，号武王。周武王为了观察各诸侯对讨伐商纣的态度，在即位的第二年，载文王灵位兴师东进，并召天下诸侯前来会盟。

17. 兵到孟津（今河南孟津东北），即有八百诸侯前来会盟，武王率各路诸侯军马进行渡河演习。

18. 登岸后，各首领都宣誓愿接受武王指挥，立即灭商。武王认为自己的力量还不足以打败商纣，以“未知天命”为由，与众诸侯结盟后引兵西归。这就是“孟津观兵”。

19. “孟津观兵”后不到两年，纣王征东夷不利，就调全部主力东征，商纣都城朝歌内又众叛亲离，百姓背向。武王认为伐纣时机已到，发文遍告诸侯，会兵伐殷。

20．公元前1066年正月，周武王率兵车三百乘，虎贲三千人，甲士四万五千，联合各部落，总共六万余人，渡过黄河，进军朝歌。

21. 二月初四，大军到达距朝歌七十里的牧野（今河南淇县南）。次日凌晨，全军集结。武王左手握青铜大斧（代表生杀大权），右手举白色令旗，登台誓师。

22. 武王语音洪亮：“尊敬的友邦国君和各部落的将士们，竖起你们的戈，排好你们的盾，立好你们的矛，听我的誓言。”全军肃然无声。

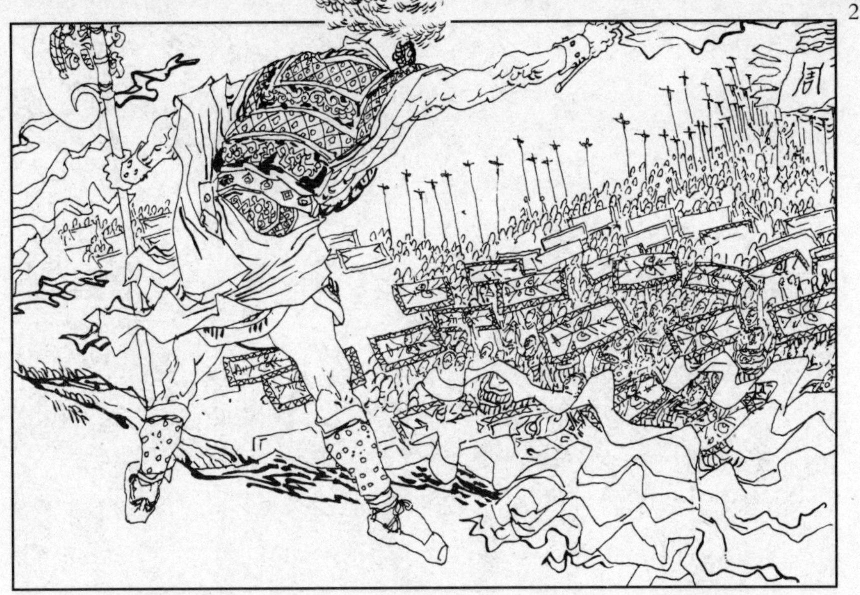

23. 武王语音铿锵："商王纣听信妇人的话，抛弃了对祖宗的祭祀，不用同宗的长辈兄弟，而重用四方逃亡的罪人，这些人又残暴地虐待百姓，任意作乱，我姬发是按照上天的意志对他讨伐。"全军挥矛舞盾，情绪激昂。

24. 武王语音严厉："今日交战，大家要勇猛向前，严格遵守命令！否则，均按军法从事。"全军举戈呐喊，"呵呵"之声响彻四野。

25. 周军渡河进军朝歌的消息传到商都，纣王慌忙策划应变，商军主力远在东南战场，一时抽调不及，勉强拼凑了十七万奴隶和战俘仓促应战。

26. 两军列阵，纣王把奴隶和战俘配置在前阵，自己亲率少数奴隶主贵族军队在后阵督战。武王令吕尚率部为前锋挑战，自己亲率大量战车甲士从中央突入殷阵。周军将士上下一致，同仇敌忾，势不可当。

27. 殷军总数虽数倍于周军，但那些奴隶战俘早就恨透纣王，只希望他早日灭亡。他们一见周军冲来，就一哄而散，一部分还掉转矛头，冲击商奴隶主的部队。

28. 商奴隶主部队虽然拼死抵抗，但在周军万众一心的打击下，不久就彻底溃败，战场上横尸无数。

29. 纣王见大势已去，匆匆逃回朝歌，穿上宝玉衣，登鹿台自焚。

30. 商朝民众箪食壶浆欢迎武王大军进入朝歌。商王朝六百年的统治至此结束，西周新王朝宣告开始。

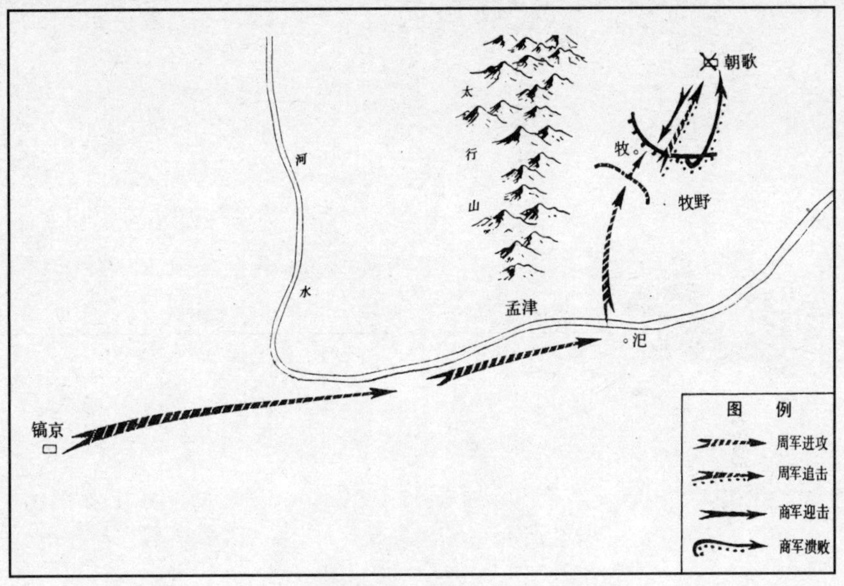

商周牧野之战示意图

孙 子 兵 法

SUN ZI BING FA

战例

马援巧用地形平诸羌

编文：叶　子

绘画：徐有武

原　文　地者，高下、远近、险易、广狭、死生也。

译　文　地利，就是指高陵洼地、远途近路、险要平坦、广阔狭窄、死地生地等地形条件。

1. 羌族有一百五十多个部落，游牧在青海一带。王莽新朝末年，中原混战，塞外羌人乘机侵入塞内，时常骚扰内地。

2. 为了平定羌人的骚乱，建武十一年（公元35年）夏，光武帝刘秀听从了中郎将来歙的建议，任命马援为陇西太守，镇守陇西。

3. 马援对陇西地形了如指掌，曾在模盘上聚米为山谷，显示当地地形，指明兵马进退要道，为汉武帝打败隗嚣起过关键性作用。

4. 马援到任后，立即派出步骑三千人，在临洮（今甘肃岷县）击败先零羌主力。首战告捷，汉军所至，羌人闻风丧胆。八千多名守塞羌军不战自降。

5. 这时，各部落数万羌人，在浩亹（今青海乐都、甘肃永登间）占据要隘进行顽抗。他们故意把士卒的家属和辎重堵塞于允吾谷（今青海乐都附近）通道，企图挡住汉军，伺机截杀。

6. 在兵力和地形都对汉军不利的情况下，马援毅然下令，命部队停止前进。

7. 马援吩咐一名部将，率领一小部分兵力继续前进，正面与羌人周旋，吸引羌人的注意力。

8. 他自己则在当地汉人向导的带领下，率领本部人马巧妙地利用山谷小道作为掩蔽，神不知鬼不觉地迂回到了羌人营地。

9. 马援一声令下，指挥部队突然从侧后发起了猛烈的攻击。羌兵在汉军这种出其不意的攻击下，惊慌失措，仓皇败逃。马援率军紧追不舍。

10. 败退的羌军到了北山，迅速占据高山有利地形，重新组织防御，企图与汉军对峙。面对这种情况，马援指挥部队在山下正面摆开了阵势。

11. 背地里，马援又挑选了数百名精锐骑兵迅速绕到山后，乘黑夜焚毁敌营，并击鼓呐喊助威。

12. 这又使羌军意料不及，顿时乱作一团，纷纷落荒而逃。在溃逃中遭汉军截击，被斩首千余级。汉军缴获大批牛羊物资，得胜而还。

13．羌人不甘失败。建武十二年（公元36年），参狼羌联合塞外诸羌又骚扰武都（今甘肃成县西）。

14. 马援率领四千将士前去平息。军至氐道县（今甘肃礼县西北）时，羌人已占领山头，据险而守。

15. 山高势险，一时难以克敌。马援策马而行，仔细勘察现场地形。

16. 根据这一带地形特点，马援采取了断绝羌军水源、粮草的办法，派兵长期围困羌军。

17. 不久，参狼羌粮、水不继，数十万户羌人逃亡塞外，另有万余人投降了马援。

18. 从此，陇西即告平定。当地各族人民和睦相处，马援威震边陲。

战 例

齐桓公寓兵于民成霸主

编文：杨坚康

绘画：丁世弼 丁世杰 伯 轲

原　文　法者，曲制、官道、主用也。

译　文　法制，就是指军队的组织编制、将吏的管理、军需的掌管。

1. 周庄公十二年（公元前685年），齐国内乱，国中无主，齐公子小白击败他的哥哥公子纠，争得侯位，称为齐桓公。

2. 在争位中功劳最大的是鲍叔牙，齐桓公要任命他为相。鲍叔牙坚辞不就，一再推荐管仲，认为管仲比自己更有才能，有利于辅佐桓公治国图霸。

3：齐桓公为了创建霸业，不计较管仲曾经帮助公子纠争位，用箭射他的旧仇，答应重用管仲。

4. 齐桓公按鲍叔牙的意见，择定吉日，在文武大臣陪同下把管仲从郊外的寓所接到宫中。

5. 齐桓公诚恳地对管仲说："寡人刚刚执政，人心未定，国力不强，想创建法度，整顿纲纪，富国强兵，望仲父（指管仲）不吝赐教。"

6. 管仲谦让再三，然后提出了废公田、薄税敛、省刑法、设盐铁官、煮盐、制作农具、铸钱币、调整物价，让士农工商各守其业等一整套治理国家的意见。

7. 齐桓公听后，精神为之一振，进一步问道："仲父的治国方略，使寡人顿开茅塞。只是现在齐国兵微将寡，难以威服四方，募兵扩军又缺财力，不知该如何解决？"

8. 管仲答道：“自古兵贵精而不贵多，强于心而不强于力。只要上下同心同德，就能克敌制胜。大王该隐其名而务其实，可采取寓兵于民的办法。”

9. 齐桓公急切地问道："寓兵于民？"管仲说："对！寓兵于民是花费少，功效大，既能建立一支强大军队却又不被人知道的办法。"

10. 管仲见齐桓公听得很认真，就接着说：“我已做了调查，齐国全境可分为二十一乡，其中工商六乡，士十五乡。工商专心经商，为国家积累财富，免服兵役。

11. “士乡即农乡，平时由甲士管理农夫种田，战时由甲士率领农夫作战。五家编为一轨，十轨为一里，四里为一连，十连为一乡，五乡即为一军。

12. “每家出一人，五人为伍，伍有轨长；二百人为卒，卒有连长；二千人为旅，旅有乡良人；五旅万人为一军。十五乡共三万人，分为三军。

13. “这样，士兵即农民，农忙时务农；农闲时训练、打猎；战时，君侯即可调集军队出战。

14. “在战场上，大家互相认识，就连夜战，彼此的声音也熟悉。这样的军队，居则同乐，死则同哀，守则同固，战则同强，足以横行天下了。”

15. 齐桓公频频点头说：“这样组建军队，既不增加国家开支，也不会引起诸侯各国的猜疑和不安，真是有百利而无一害。”

16. 齐桓公深感与管仲相见恨晚，越谈越投机，竟连续谈了三天。齐桓公决定任命管仲为相，让他治理国家。

17. 齐桓公登台拜相，当着文武百官宣布："国家大政，先告仲父，次及寡人，有所施行，一凭仲父裁决。"

18. 管仲任齐相后，用寓兵于民的组织法制，组建成一支战斗力很强的军队。周釐王二年（公元前680年），齐在鄄（今山东鄄城北）与宋、陈、卫、郑会盟，开始称霸诸侯。

19．周惠王十三年（公元前664年），山戎攻燕，燕向齐求救。齐桓公以“尊王攘夷”为口号，亲率大军北征，与燕军配合，击败山戎。

20. 周惠王十六年（公元前661年），狄人进掠邢国，次年，灭亡卫国。齐桓公联合宋、曹两国军队，大败狄人，“存邢复卫”。中原各国都称颂齐桓公，乐于尊他为霸主。

21. 这时，南方楚国国力日强。向中原发展，屡次进攻郑国。齐桓公转而向南，联合中原诸国攻楚。楚被迫求和，联军与楚在召陵（今河南偃城东）结盟后退回。中原得到暂时的安定。

22. 管仲任齐相期间，齐桓公北服戎狄，南威荆楚，九合诸侯，一匡天下，成为春秋时期第一位霸主，在一定程度上保护了中原地区的先进文化。孔子曾感叹地说：“如果没有管仲，我等都将受蛮夷的凌辱了。”

战 例

曹操校计索情战官渡

编文：佚　佚

绘画：钱定华　水　淼
泰裕如　尚　兴

原　文　校之以计，而索其情。曰：主孰有道？将孰有能？天地孰得？法令孰行？兵众孰强？士卒孰练？赏罚孰明？吾以此知胜负矣。

译　文　要通过对双方七种情况的比较，来探索战争胜负的情势。（这七种情况）是：哪一方君主政治清明？哪一方将帅更有才能？哪一方拥有更好的天时地利？哪一方法令能够贯彻执行？哪一方武器装备精良？哪一方士卒训练有素？哪一方赏罚公正严明？我们依据这些，就能够判断谁胜谁负了。

1. 东汉末年，在黄河南北的广大地区逐渐形成了袁绍、曹操两大集团。到了汉献帝建安四年（公元199年），袁绍已基本上占有黄河下游以北的全部地区，拥兵数十万，处于进可以攻，退可以守的有利地位。

2. 这年六月，袁绍挑选精兵十万，战马万匹，企图南下进攻许昌（当时汉献帝在许昌，该地成为汉都城），以实现他“南向以争天下”的目的。

3. 奋武将军沮授劝说袁绍：“我军连年作战，百姓疲敝，仓廪积蓄不多，若兴兵大战，有内顾之忧。”

4．刚愎自用的袁绍不听沮授的意见，在大怒之下，欲削减沮授的兵权，将他所属的军队，分出三分之二拨给郭图和淳于琼统辖。

5. 同时，袁绍派人至宛县（今河南南阳），请建忠将军张绣支援。张绣与谋士贾诩商议后，不仅没有支援袁绍，反而归降了曹操。

6. 袁绍又派人到荆州，与荆州刺史刘表联络，要求派兵协同攻曹。刘表口头答应，实际上却拥兵观望。

7. 袁绍举兵南下的消息传至许昌（今河南许昌东），曹操即召部将商议。曹操认为："袁绍志大而缺乏智谋，色厉而胆略不足，猜忌而没有威望，兵多而不善指挥，将骄而各存私心，土地和粮食比我多，但都是为我准备的。"

8. 谋士荀彧（yù）也说："绍兵虽多而不整，谋士田丰刚而犯上，许攸贪而不治，武将审配专而无谋，逢纪果而自用，此数人势不相容，必生内变。大将颜良、文醜，匹夫之勇，一战可擒。"

9. 部将们从主帅、将领、政策、武器装备、士兵素质、组织纪律，以至赏罚等各个方面作了详尽的对比分析后，认为形势利曹不利袁。最后曹操决定，集中所有兵力，抗击袁绍的进攻。

10. 为了争取战略上的主动，曹操于八月派琅邪相臧霸率精兵自琅邪（今山东临沂北）入青州，以牵制袁绍，巩固右翼，防止袁绍从东面袭击许昌。

11. 同月，令平虏将军于禁率步骑二千屯守黄河南岸的重要渡口延津（在河南延津北，今已湮没），协助东郡太守刘延扼守白马（今河南滑县东），阻滞袁绍军渡河长驱南下。

12. 九月，曹操考虑到袁绍兵多，自己兵少，千里黄河，防不胜防。决不能沿河设防，徒然消耗兵力。他决定把主力屯在官渡（今河南中牟东北）一线，以吸引袁绍正面来攻。

13. 十二月，当曹操正布置对袁绍作战时，刘备起兵反对曹操，杀曹的徐州刺史车胄，占据下邳（今江苏邳县南），派大将关羽驻守。并遣人与袁绍联络，打算合力进攻曹操。

14. 这一情况的突然发生，使曹操有北东两面受敌的危险。曹操与谋士们分析了这一新局势，主张先攻破刘备，然后集中力量抗击袁绍。

15. 谋士郭嘉赞成曹操的意见，指出：“袁绍优柔寡断，不会乘我攻刘之机袭我。而刘备的兵马，新近才发展起来，其中不少将士内心尚未诚服，我若急攻，刘备必败。”

16. 于是，建安五年（公元200年）正月，曹操亲自率领精兵东击刘备，乘刘备兵力分散在各地，措手不及，曹军迅速占领了沛（今江苏沛县）。

17. 紧接着，曹操又进攻下邳，迫降了关羽。曹操素知关羽勇力过人，有利于打败袁绍的大将颜良、文醜，遂厚待关羽。

18. 刘备全军溃散，只身逃往河北投靠袁绍。

19. 曹操像对待自己的将领那样，对关羽极为优待和信任。关羽颇为感动，虽然惦记着刘备，但也愿为曹操出一份力。

20. 当曹操攻打刘备的时候，袁绍军中的谋士田丰认为“可乘曹操击刘备之机，举军击其后，定能一战而胜”。但袁绍以儿子有病为托辞，没有采纳田丰的正确意见。

21．直到曹操击败刘备回军官渡后，袁绍才考虑进击许昌。田丰认为时机已失，亦不顾袁绍是否会发怒，再次建议“暂不宜出兵，应待三年……”。袁绍十分厌烦，将田丰逮捕下狱。

22. 建安五年（公元200年）二月，袁绍进军黎阳（今河南浚县东），首先派大将颜良进攻白马。扼守白马的刘延急向曹操报告，曹操想亲自率兵去救。

23. 谋士荀攸建议曹操引兵先到延津，伪装渡河攻袁绍后方，使袁绍分兵向西应战；然后再派轻装部队迅速进攻白马的袁军，声东击西，攻其不备，定可击败颜良。

24. 曹操采纳了荀攸的建议，袁绍果然分兵延津。于是曹操乘机率领轻骑，派张辽、关羽为前锋，急趋白马。

25. 曹军距白马十余里路时，颜良才发觉，仓促出兵迎战。关羽迅速迫近颜良军，乘其措手不及，斩杀颜良，袁军溃败。

26. 曹操解了白马之围后，带着白马百姓沿黄河向西撤退。袁绍率军追击，沮授谏阻说：“颜良被斩，曹军不乘胜前进，反而后退，定有所谋。”袁绍不听。

27．于是袁绍军进至延津南，派大将文醜与刘备率军追击曹军。曹操只有骑兵六百驻于白马以南的南阪下；而袁军有五六千骑，后面还有步兵，紧追不舍。

28. 曹操令士卒解鞍放马，并将财物辎重丢弃道旁，引诱袁军。待袁军赶上争抢财物辎重时，曹军突然上马发起攻击，终于在白马山击败袁军，杀死文醜，顺利退回官渡。

29. 袁军虽然初战失利，但兵力仍占优势。七月，袁绍准备南下进攻许昌，沮授又向袁绍建议说：“曹军粮食军需都不如我军多，所以他们希望速战，而我军利在缓师。”袁绍仍不采纳沮授建议。

30. 八月，袁军主力接近官渡，依沙堆立营，东西连营数十里。曹操也立营与袁军对峙。九月，袁军中造起望楼，堆土如山，派弓弩手用箭俯射曹营。曹营的将士只能带着盾牌行走。

31．谋士刘晔向曹操建议使用霹雳车（发石车），用以击毁袁军的望楼。曹操立即按刘晔提供的图样令工匠赶制。

32. 霹雳车很快造成，一经试用，果然颇有威力。炮石飞向袁营，声如炸雷，袁营中高筑的望楼全被击毁。

33. 这样相持了三个月，曹营中处境日益困难：储粮供应不足，士兵渐觉疲乏。曹操考虑到再相持下去对自己不利，想撤兵回许昌，写信征求荀彧的意见。

34. 荀彧身在许昌，对前线情况却颇了解。他在回信中说："我军以十分之一的力量，扼住敌人咽喉使他不得前进，已半年多。目前袁军已丧两员大将，兵虽多而攻势已弱。此时应捕捉战机，出奇制胜，迅速击败袁军……"

35. 荀彧的信坚定了曹操的信心。于是，他在探听到袁绍有数千车粮食向官渡运来的消息时，立即派徐晃、史涣二将率兵去截击。

36. 徐、史二将秘密出发，在途中截住袁军粮车。督运粮食的大将韩猛抵挡不住，落荒而逃。徐、史二将领兵将几千辆粮车全部烧毁，增加了袁军的困难。

37. 紧接着，袁绍又赶快派车运粮，并令大将淳于琼率兵万人护送，分别屯积在袁军大营以北四十里的故市（今河南延津境内）和乌巢（今河南延津东南）。

38. 鉴于前次粮车被烧，沮授劝袁绍派一名大将率军去协助淳于琼守卫粮仓，以防曹军袭击。袁绍不听。

39. 谋士许攸还建议袁绍："曹操主力全在官渡，许昌势必空虚。若分遣轻军星夜偷袭许都，奉迎献帝以讨伐曹操，必然可以擒操。"袁绍又不采纳。

40．恰在此时，审配扣押了许攸的家属，声称许攸的家属犯法。许攸一怒之下，离开了袁绍军营，投降了曹操。

41. 曹操优礼以待。许攸向曹操献计说：“今袁氏有辎重万余辆，屯于故市、乌巢，仅淳于琼带兵守卫。公如以轻兵袭击，出其不意，烧掉粮草，不过三日，袁氏就不战自败了。”

42. 许攸的建议，正符合曹操捕捉战机出奇制胜的意图。因此，他把袭击乌巢看成是关系全局胜负的重要一战。他高兴地派人领许攸去休息，准备立即遣将偷袭乌巢。

43. 曹操留曹洪、荀攸守大营，亲自率步骑五千，冒用袁军旗号，人衔枚，马缚口，每人带一束柴草，利用黑夜，走小路偷袭乌巢。

44. 途中，曹军诡称是袁绍调派来的援军，骗过了袁军的盘查，到达后，立即围攻放火。

45. 直到黎明，淳于琼慌忙领兵迎战。曹操挥军冲杀，淳于琼抵挡不住，退入营垒坚守。

46. 袁绍得到焚烧乌巢粮仓的急报，不听张郃等将的“先救乌巢”的意见，却听取郭图等人逢迎附和袁绍“攻打曹营，操必引军回救”的意见，派大将高览、张郃率军攻曹军大营，只派一小部骑兵去救乌巢。

47. 当有人向曹操报告，袁军增援骑兵迫近乌巢，请求分兵阻挡时，曹操胸有成竹，说：“到我背后再报告！”于是士卒拼死进攻，杀淳于琼，烧毁整个粮仓。

48. 曹操大营坚固，防范严密，高览、张郃攻不进去，兵败而回。同时，乌巢粮草被烧的消息传到袁营，军心动摇，议论颇多。

49．郭图等人害怕追究自己的责任，诿过于张郃，说张郃对战败很高兴，在怪罪袁绍。

50．张郃一番忠心，却遭到中伤，气愤至极，与高览一起焚毁了攻战器械，投奔曹操。

51. 曹营中有人怀疑张郃假降。谋士荀攸说："袁绍无谋，使田丰下狱，不用沮授的良策，许攸受冤，赏罚如此颠倒；如今张郃又遭诬陷，怒而来奔，还有何疑？"曹操遂接纳张郃、高览。

52. 张、高二将投降曹操，袁绍军中大乱，士气更为下降。

53. 于是，曹操乘势出击，分兵三路攻击袁营。袁军战斗力既弱，相互又缺乏配合，惨遭大败，主力彻底被歼，损兵折将七万余人。

54. 袁绍和儿子袁谭带八百骑兵仓皇退回河北。官渡之战是袁曹力量转变的决定性大战，为以后曹操彻底击败袁绍奠定了基础。

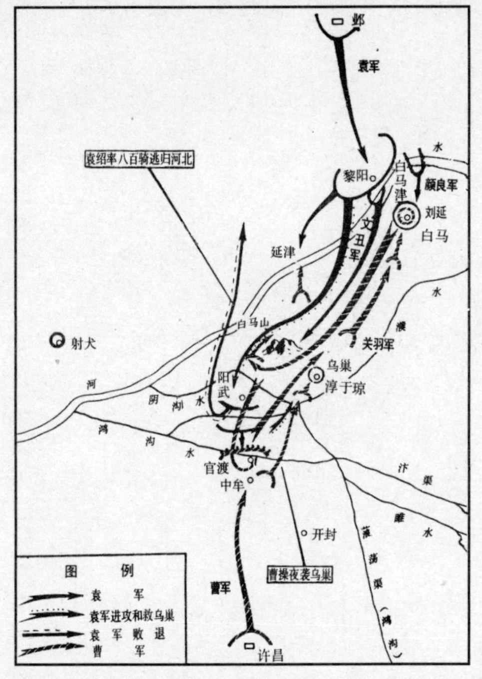

邺
袁军
袁绍率八百骑逃归河北
黎阳
白马津
颜良军
水
刘延
白马
文丑军
延津
水
白马山
射犬
濮
关羽军
乌巢
淳于琼
阳武
河
阴沟水
鸿沟水
官渡
中牟
汴渠
开封
睢水
蒗荡渠（鸿沟）
曹操夜袭乌巢
曹军
许昌
图例
袁军
袁军进攻和救乌巢
袁军败退
曹军

袁曹官渡之战示意图

孙 子 兵 法

SUN ZI BING FA

第一版

编委：马守良
宗文龙
顾　盼
黄小金
吴如嵩
黄朴民

战例审核：吴如嵩
黄朴民
文字责编：方关贤
马　立
特邀文编：杨坚康
项冰如
美术责编：杨德康
钱贵荪
黄小金
装帧设计：池长尧
版面设计：杨德康
环衬篆刻：刘　江
孙子摹像：戴敦邦

新一版

策　　划：李　新
奚天鹰
封面设计：赵　麟
版式设计：肖祥德
责任编辑：庞先健
谢　颖

孙子兵法

原　　著　孙　子
编　　文　浦　石等
绘　　画　戴敦邦等
策　　划　李　新　奚天鹰
责任编辑　庞先健　谢　颖
封面设计　赵　麟
版式设计　肖祥德

上海人民美術出版社
浙江人民美术出版社　出版发行
上海锦佳装璜印刷发展公司印刷
开本 787 × 1092　1/64　印张 88
2009 年12月第1版
2009 年12月第1次印刷
印数 0001-3000

ISBN 978-7-5322-6143-7　全套定价：390.00元（1—40册）